JN034278

青春の白き墓標

塚本正明
TSUKAMOTO Masaaki

文芸社

一

一陣の風が舞った。北国に春の訪れを告げる「馬糞風」だった。なま暖かい「春一番」の風である。昭和四十年の三月ももう下旬、道都札幌市の西区に位置する北山真介の住家のさほど広くない裏庭にも、待ち望まれた晴れやかな陽光に照らされて日一日と新緑が鮮やかに蘇ってきた。

一方真介がすでに正月明け早々からその庭の片隅にこその年越し雪をかき集めて築いたささやかな柱塔は、今やはかなく溶け崩れてその白い姿も消失していた。それは、けっして児戯による雪だるまなどではなく、真介にとっては、〈彼女〉の早すぎる死を独り悼んで建立した雪の〈墓標〉であり、悲しき青春の墓標だったのである。〈彼女〉の短い人生を哀惜する秘かな思いを胸に抱きつつ、イニシャルを刻み付けただけの白い墓標の前にしゃがみ込んで、真介は冬のあいだ何度か合掌したことがあった。

真介が〈彼女〉のフルネームをはっきりと知ったのはちょうど三年前のことで、中学三年の卒業前に配られた『クラス名簿』を一覧した時だった。クラス担任の小倉先生が丁寧に作成したその小冊子には、理科（化学）専門の几帳面な教師の作物らしく、生徒各自の氏名住所に加えて、保護者の氏名と職業までもが簡潔に併記されていた。

真介は、これまで『クラス文集』に寄せた文章を個人的に褒めてもらったこともあって、白衣姿に眼鏡の小倉先生には日頃から好意を感じていた。そして、かつてまだ若い学生時代の頃、化学実験中に不慮の顔面火傷を負って今でも赤鼻の赤ら顔を余儀なくされている小倉先生を、存外文芸的な理解をも持ち合わせた幅広い人間性の持ち主として、内心秘かに敬愛していたのであった。

そんな小倉先生が苦労して完成させたに違いない名簿を、真介は帰宅してからもう一度開いてみようと思った。それで最初から一人ひとり丁寧にゆっくりと、クラスメートの面影を改めて思い浮かべながら通覧していったのである。

その中で真介の記憶をとくに喚起したのが、二人の同級生だった。一人は、日頃何となく気になっていた小柄で質素な女生徒だったが、父親欄には新聞記者と記されてあった。真介は、時折見かけるその子がいつも身に帯びていたキチッとした好ましい態度を思い浮かべて、「ああ、そうだったのか」とようやく合点したのである。そして、もう一人が〈彼女〉、藤野雪絵という氏名の女生徒で、真介には日頃の印象はやや薄かったものの、父親の職業が高校の国語教師だということを知って、いつ見てもつつましやかで柔和な雰囲気を失わない〈彼女〉のイマージュを、なぜかしみじみ思い起こしたのだった。

二

真介は父の仕事の関係で四歳の時に移住した高原の町新得(しんとく)にある小学校に通っていたのだが、六年生になって間もない頃にもともとの生まれ故郷である札幌に里帰りして日新小学校へ途中転校した。雪絵は、じつはその時の新しい同級生たちの一人だったのである。そして、その後進学した広陵中学校でもじつは同級となったにもかかわらず、彼女の控え目な性格と目立たない雰囲気のため、親しい交流が生まれることはまったくなかった。

真介が中学時代に普段から交流していたのは、もっぱら男友達に限られていた。その中でも、特別の友情をもって親しくなったのは豊岡健太君だった。兄一人、姉四人の末っ子である真介は、兄二人、姉二人の末っ子であり、おまけに真介より一足先に積丹半島の付け根にある炭鉱町岩内(いわない)から札幌の日新小学校に転校していた豊岡君とは、運命的に似た者同士だった。

豊岡君とは中学入学時から同級だったのだが、二年生になってからの下校時にたまたま帰り道で言葉を交わしたのがきっかけで、家も程近いことが分かった。そしてそれ以来続いた交流で無言でも気脈が通じ合うほどの友となり、その後の全人生を含めても一番の親友と言える仲になったのも自然な流れであった。

お互いに、「やあ、トヨ」と呼び、「やあ、キタ」と応えるいわば弥次喜多のような仲、何も言わずとも（ああ、分かってるよ）と波長が合う、阿吽の呼吸が不思議にも誕生したのであった。が、二人の親友関係というのは、互いに同じ考えを共有するというのではなく、むしろ真介が「ぼくはベートーヴェンの『運命』が好きだな」と言えば、豊岡君が「ぼくはシューベルトの『未完成交響曲』のほうがいいな」と言い合うような仲でもあった。お互いにとって気兼ねなく言い合える貴重な存在だったのである。

その後真介は、親友豊岡君とめでたく二人揃って札幌西高校に進学することになった。けれど真介は、雪絵もまた自分らと同じ高校に入学していたという事実に、新入生全員のクラス配分名簿が張り出されるまでついぞ気づかないでいた。

入試の前日でさえものんびり一緒に将棋など指すほどの仲だった真介と豊岡君とは、残念ながらクラスが隣同士に分かれてしまった。さらに真介の家もやや遠くへ引っ越しはしたものの、その後も何かと親交は続いていた。ただ雪絵は豊岡君のクラスメートとなったため、真介とは日常身近に居る状況ではなくなった。

それでもたまに休み時間など廊下を歩いていると、ちょうど教室に戻ろうとする雪絵と遠目ながら視線が合う機会があった。偶然というべきそういう瞬間に、いつも彼女の黒目勝ちの面には微かな恥らいが浮かび、頬にホッと薄紅色がさすのを真介は心秘かに認めるのであった。また、ごくまれなことではあったが、昼休みなど廊下でガヤガヤと賑やかな数人の生徒たちに交じって奇跡的にすれ違った折などでも、互いにそっと会釈し合ったような気はしたものの、実際には一言すら言葉を交わしたことがなかったのである。

そんな思春期の微妙に抑制された高校時代の季節にも、二年生の春の終わり頃だったか初夏であったか、一度だけ校舎屋上に学年全員が集合してフォークダンスが開催されたことがあった。

太平洋戦争終戦後、敗戦国日本にアメリカ軍が駐留しているあいだにGHQの民主主義教育政策の一環で日本全国の学校に普及流行したフォークダンスを、真介たちの高校でも定期的な行事として実施することになっていた。黒い詰襟服の男子が円周の外輪を組み、紺色ブレザーの女子が内輪を組んで、陽気でリズムの軽快な「オクラホマミクサー」のダンス曲に合わせた独特のステップを踏みながら、互いにぎごちなく反対回りを続けつつ、男女が順次に手を握る相手を替えていく、というスリリングで多少照れくさい「ゲーム」である。

ちょうど東京都電で山手線の外回りと内回りの電車が逆回り運行するのと同じ二重回転移動式集団舞踊が進んでいくうちに、女生徒の輪の向こうから彼女が徐々に近づいてくるのが真介の目に入った。どうやら彼女のほうが先に気づいていた様子だった。

やがて、互いの間に生じた、他人には不可視なテレパシーとともに「その瞬間」がやってきた。真介と彼女が遠慮がちに手を触れて軽く握り合ったと思ったその瞬間、彼女は目を伏せて、色白でややふっくらした頬を今度もやはりホッと赤らめた。その時真介は、女友達と付き合ったためしなどない自分に秘かな好意を示してくれる彼女が、限りなく無垢で純真な感情の持ち主にも思われ、不思議な愛おしさを感じたのだった。それは、真介と雪絵とがただ一度だけ直接肌に触れ合ったほんの一瞬の経験に過ぎなかったのだが、それでも、その見えない発火点を共有したという無二の感触は消えることなく、その後もずっと真介の記憶の奥底に留まり続けることになった。

三

二年生の年には、学校行事が集中的に実施された。春には文化祭があり、初夏の候には三日間の西高祭が催され、最終日ではねぶた祭を模した名物の行灯行列が夕闇の街中を行進した。また、秋には体育大会が挙行され、十月に入ると本州への修学旅行が待っていた。学年全体が一集団となって青函連絡船で青森へ、そして貸し切り列車と貸し切りバスで移動しながら東北の平泉から日光や中禅寺湖を経て首都東京へ、さらに関西の古都京都や奈良へと、往復一週間ばかりかけたかなり欲張った大旅行であった。さらに冬季になると、年明けの積雪の豊かな二月頃、校舎近くの三角山に出向いてスキー授業が実施され、締めくくりにスキー大会まで用意されていた。最も伸び伸びとして充実した高校時代があったとすれば、この二年生の時期だったのかもしれない。

なぜなら、やがて最も憂鬱な高校三年生という時期が始まったからである。

ただ、この年……昭和三十九年の十月には、太平洋戦争敗戦後の苦境を体験し廃墟から蘇生した日本国民のほぼ誰しもが待ち詫びていた東京オリンピック大会が、台風一過の十日、秋晴れの青空のもと晴れやかに開幕を迎えた。

おのれ一身の受験を控えていた真介も遠くテレビを介してではあったが、地球上のまだ見ぬ世界から参加した各国代表団が大国も小国もそれぞれの国旗を誇らしく先頭に掲げつつ行進し、国立競技場のフィールドに一堂に会した開会式の光景を目の当たりにした。人類の多様な人種を一所に凝縮してみせた光景は、しらけた受験生の真介をさえ思わず感動させるものだった。

その五輪に国民が熱狂する中で、目下青春期の最中（さなか）に居る高校生たちは、皆それぞれが今後の進路に迷いつつも、それぞれの気概を奮い立たせるべく自らと葛藤していた。その一方で冷厳なる自然界においても北国の季節はすでに秋から厳しい冬へと移ろい始め、ここ三角山の麓に近い西高の三階建て校舎の周りにも、はや純白の粉雪がちらつき舞い始めた。

けれどなぜであろうか、この季節の移ろいの中で、真介が校内で雪絵の姿を見かけることはまったくなくなっていた。気になると止まない性分である真介は、正月休みに豊岡君と会うことにした折にでも彼女のことをそれとなく尋ねてみることにした。その際豊岡君は、うすうす親友の胸中に感づいたものか、心もちニヤッとしながら、けれど思いもかけない深刻な事実を伝えたのである。

「じつはね、うちの担任から同級生の皆に急な告知があったんだよ。それで、藤野さんはね、夏休み中に急性白血病という難病が発症して札幌医大病院に緊急入院していたんだけど、冬休みに入って間もなく両親だけに見守られながらひっそりと息を引き取ったそうだよ。どうも夏休み中から体調が急に悪化したまま回復できなかったらしいんだ。ほんとに気の毒なことだなあ。もうすぐ卒業を控えていたのに」

「トヨ、それほんとなんだろうね」

真介は、友の顔をまじまじと凝視したまま不意打ちのショックとともに底深い不憫さに打たれていた。

豊岡君と別れた真介は、そのまま心に重石(おもし)を抱えたまま帰宅した。そして彼女の名から思いついたらしく、すぐさま雪の残る裏庭に出ると、イマージュに浮かんできたせめてもの〈墓標〉を作り始めたのである。けれど、やがて北国の遅い春の訪れとともにその雪の墓標ははかなく消え去ってしまった。それでもなお真介の心の奥底には、秘かに新たな確信が芽生えていたのである。

（わが心の内に立つ青春の墓標は、いつまでも朽ちることはない。君とは言葉をほとんど交わしたこともなく、屋上でのフォークダンスの時間、互いの手がほんの一瞬触れ合った以外には、まともに手を握ったことさえなかったけれど、それでも君のことはきっとこれからも忘れまい。屋上でそっと手を触れた時も、廊下で遠くから視線が合った時も、君がいつも白い頬をホッと桃色に染めていたのを忘れることなどできない。仄かに揺れるロウソクの炎のような純情のともし火は、ぼくの中で死ぬまで消えることはあるまい）

*

その後、真介も豊岡君も気持ちを本来の受験生の立場に引き戻すと、これまで通り大学進学の本格的準備に集中的に没頭することになった。

三月に入っても北国ではまだそこここになごり雪が消え残っていたが、真介は春間近な遠い京都まで単身で受験に赴いたのである。父の関西在住の親戚が多少の面倒は見てくれたので、それほど孤独でもなかった。とは言え遠路の往復と受験の緊張とでさすがに消耗した真介は、帰宅後の翌日遅くまで自室の寝床でぐったりしていた。春眠から目覚めてのち、「春の海ひねもすのたりのたりかな」という与謝蕪村の句が不意に浮かび、戯れ句をノートに書きつけた。
「入試後はひねもすねたりねたりかな」

二週間ほど経って入試結果が電報で届いた。豊岡君も地元で受験を終えていたが、それぞれ志望の大学に何とか無事に合格できたのだった。豊岡君は真介の父と同じ札幌の北海道大学農学部へ、真介は父の生まれ故郷に近い京都大学文学部へと、別れ別れの道筋とはなったのだったが。

四

高校生活最後のセレモニーである卒業式を複雑な思いで終えた真介は、春休みに入って間もないのどかなある日、豊岡君と連れ立って、弔問のために雪絵の家を探し訪ねた。札幌市中央区にある緑陰豊かな円山公園から西の山手方向へと陽の当たる緩やかな坂道を上がった閑静な宮の森の一隅に佇む、落ち着いた古風な趣きの家であった。表札も木製で筆書きだった。

気持ちを整えて恐るおそる玄関のブザーを鳴らすと、ガラス格子になった引き違い戸をそおっと開けて出迎えてくれたのは母親の沙知絵であった。やや地味な、けれど楚々とした普段着の着物姿であった。沙知絵は突っ立っている二人の若者を訝しそうに眺め、それから落ち着いた穏やかな声で尋ねた。

「あのう、どちらさまでしょうか」

すかさず豊岡君が答えた。

「突然お伺いして、どうもすみません。ぼくは雪絵さんの同級生で、豊岡といいます。こちらは、中学校で雪絵さんと同級だった北山君です。高校では隣のクラスでしたが」

「あの、北山と申します。ご迷惑かもしれませんけど、どうしても札幌を離れる前に、雪絵さんの御霊（みたま）にお別れを言いたいと思ったものですから」

「まあ、そうでしたか。それはお忙しい時に、どうも有難うございます。雪絵もきっと喜ぶと思います。ちょうど父親も居りますから、むさ苦しい所ですが、どうぞお入り下さいませ」

沙知絵は礼儀正しく二人を玄関内へ招き入れ、上がりがまちで二人が脱いだ靴を外向きに丁寧に揃えてから、すぐ先に立って小奇麗な応接間へと導くとソファを示して座るよう勧めた。そうしてから、襖一つだけ隔てた奥の部屋へ抑え気味に声をかけた。

「あのうお父さん、雪絵の同級生のお二人がみえましたよ」

すると奥隣の書斎部屋から「ああそうかね、今そっちへ行くよ」という低い声が返ると、程なくして、やはり地味な和服を身に着けた父親の三千雄が、廊下回りで若い二人の前に落ち着いた姿を現した。

　豊岡君と真介はほぼ同時に立ち上がると揃って頭を下げ、まず豊岡君から緊張気味の挨拶をした。

「どうも初めまして。雪絵さんと同級生だった豊岡です。失礼ですが、お参りだけさせて頂けないでしょうか」

「ぼくは、中学で同級だった北山と申します。突然お邪魔して申し訳ありません」

「はあ、そうでしたか。君が北山君でしたか。わざわざ有難いことです。それじゃあ、どうぞこちらへ」

　三千雄はそう言って廊下に出ると、二人を奥座敷に据えたばかりの黒い漆塗の仏壇の前まで丁寧な態度で案内してくれた。真新しい光沢を帯びた仏壇の横には、花瓶の白菊と並んで、控え目な笑みを浮かべたまだうら若き雪絵の遺影写真が飾ってあった。

　豊岡君と真介が霊牌へ順に合掌し終わって応接間に戻ると、お盆に和菓子とお茶をのせて現れた沙知絵が二人をもてなしてくれた。それから沙知絵は、二人の若者にどこかしら親近感を覚えた様子で、こう話し始めた。ゆっくりと穏やかな声で、だが古い悲惨な記憶をあえて手繰り寄せるようにして。

五

「じつはわたしは、実家のある札幌の北星女学校を卒業したあと、広島のほうに母方の伯母が居たものですからその縁を頼りに広島女子高等師範学校に入ったのです。その当時、東京、奈良に次いで三番目に設立されたばかりで、官立でしたから学費の負担も少なくて、親もそれならと許してくれました。

今思うと不運なことに、終戦直前の七月が入学式だったのですけど、それからひと月も経たない八月六日に原子爆弾が投下されて校舎が全焼してしまいました。それに、その日がちょうど初授業の日だったものですから、これから学友になるはずだったたくさんの若い娘たちが犠牲になりました。わたしはひどい負傷で一時気を失っていたのですが、幸いにこの命だけは助けられたのです。でも、親元を離れてそのまま学業を続けるのは難しくて、けっきょく教師になる夢は諦めるしかありませんでした。

それで少し落ち着いてから、伯母さんの次男で従兄の三千雄さんに付き添ってもらってやっとのことで実家に戻ってきたのです。それからしばらくして、わたしと三千雄さんとは周りの強い反対を乗り越えて結婚したのですけれど、生まれてくる児にわたしたちの被爆の影響が出るのではという不安がいつもあったのです。それが、やはりこんなことに……」

沙知絵の眼がしらには、悔恨とも悲哀ともつかない涙が滲んでいた。真介は初めて聴く体験談に心打たれて、その衝撃を反芻しつつ飲み込みながら、あらためて〈彼女〉の身の上を思いやり思い返すのだった。その時、藤椅子に身を預けて沈黙していた三千雄が、俯いて神妙な面持ちになった二人の若者に向かって、最愛の一人娘を追憶するようにぽつぽつと語り出した。

「雪絵には、生前はっきり伝えたことがなかったのですが、じつはわたしも広島で被爆した体験があるのです。つまり雪絵は被爆二世なんですよ。あの子が白血病になったのもそのせいではないかと思うのです。本当に可哀そうなことをしたと思います。あのようやく授かったたった一人の娘でしたからね、わたしも辛くてたまりません。あの子自身は自覚しなかったでしょうが、本当は原爆の犠牲者、戦争の犠牲者の一人なんですよ。君たちと同じ戦後生まれで戦争を知らない子であるのに、戦争が終わって二十年近く経ってから、戦争の被害者となってしまう、そんなやり切れない理不尽なことが……」

ここで三千雄はふっと一息つくと、思わず男涙が滲んできたのか、目尻をそっと拭うそぶりを見せたあと、今度は真介をじっと直視しながら語りかけるのだった。しかし真介は、原爆投下という出来事が、戦争の最後の悲劇であったというだけでなくさらに戦後もなお長く消えずに潜在し続ける苦痛や懊悩をもたらしているという事実に、呆然と黙り込んだところだった。

「初めて会った君にこんなこと言うのも何だけれど、じつは雪絵の部屋で遺された『日記』を見つけたんですよ。それで目を通してみると、ときどき北山君という名前の生徒が出てきましてね。どうも気になっていたんですが、君のことだったんですね。あの子は内気で恥ずかしがり屋だったもので、心に思っていることもあまり人には言わずに、秘かに『日記』に書いていたんですね。そうだ、ちょっと待っていて下さい」

そう言い残してすぐ書斎に戻った三千雄は、その日記帳を大事そうに携えてくると、それを真介に見せるようにしながらさらに話し続けた。

「じつはね、娘がずっと前から『日記』をつけていたのは承知していたんですが、こうして亡くなってから、娘が遺していったこの『日記』に初めて目を通してみたんですよ」

三千雄は、そう前置きすると、表紙が淡い桜色の日記帳を所々めくって視線を落としながら、まだ新しい記憶を頼りに言葉を繋いだ。その時ふいに、細く開けた窓を通して、静かな周りの樹林から野鳥の高い囀り声が聞こえた。

「それがどうもね、君に秘かに心を寄せていたらしいんだね。それもどうやら小学校の時分から始まったようだよ。六年生の時に、君が田舎の学校から転校してきたばかりでいきなり算数のテストで百点とったものだから、担任がクラスで発表したそうだね。それであの子も心から驚いて感激したことが、どうも最初のきっかけみたいだね。

そう、それから中学一年生で全校学芸会があって、その時君は体育館の舞台で漫才をやったらしいじゃないか。面白い人なんだね、君は。『日記』には、『ユーモアセンスがあって、優しそうで意外な人』とか書いてあったから、そんなところにも心を引かれたのかもしれないなあ」
それを聞いたとたん、真介の脳裏には、走馬灯のように過去がほとんど瞬時にして蘇ってきた。（そう言えば中一の時に、同級生の名護屋君と漫才をやったことがあった。舞台の端っこに二人並んで、マイクの前でいざ始めてまもなく、ぼくが台詞を忘れて「やり直します」と言った時に笑いが起こった。その後はどうなったか覚えていない。名護屋君の家には遊びにも行ったけど確か母子家庭だった。小柄だけど俊敏で、剣道がすごく強かった。彼に誘われたので町の道場まで自転車で早朝練習に通った。夏休みに歯医者へ行った帰り道、裏通りで横合いから出てきたダンプカーに自転車ごと跳ね飛ばされた。自転車は半分潰れたけど、奇跡的に足首の軽傷で済んだ。道場通いはそれきり止めてしまった。だけど何でまた漫才で出場することになったのかよく覚えてない。ラジオで落語を聴くのは好きだったけど。じゃあ、あの時にやっぱり雪絵さんもみんなに交じって見ていたのか）
思いがそう巡った時、真介の胸の内は妙にこそばゆくなった。だがそうとは知らない三千雄は、「日記」を大事そうに手にしたままひたすら雪絵の過去について語り続けるのだった。

「中学校でも同じクラスだったようだけど、あの子はどうも内気で君に一言も話しかけることができなかったらしい。それでも、中学校の時の『クラス文集』で読んだ君の文章にも心を惹かれたようだよ。あの子はわたしの影響なのか、国語と読書が好きで文学少女みたいなところがあったからね」

「ねえお父さん。それにあの子は、母親のわたしが言うのも何ですけど、とっても素直で、一途なところもあって、心のきれいな子でしたよ」

思い出したように口を挟んだ沙知絵に軽く頷きながらも、すぐに三千雄は自分の話題に転じた。

「わたしは、札幌の私立高校で国語の教師をするかたわら日本文学を研究しているんだけど、とくに原民喜という作家に関心があってね。同じ地元の広島で被爆体験した共通の辛い記憶を共有しているのでね。こんなことは娘にも詳しく伝えたことがなかったんだけど、なぜだか君には打ち明けておきたいような気がする」

三千雄の隠し立てのない率直な言葉に、真介の胸中にはふっとこんな悔いが兆したが、口に出すことはなかった。

（どうして自分は、もっと素直に彼女に話しかけてみなかったのか。そう言えば、彼女の恥じらいの表情には、何か話したそうな一途な気持ちが潜んでいたような気がする。でも、心の内にあることは、率直に思い切って表現してみなければ相手に伝わらないものだ。確かめることもできない。それにしても、彼女は戦争の傷痕のような白血病と静かに闘っていたのだ。そんなこととはつゆ知らなかった。もっと思い切って言葉をかける勇気をもてばよかった。ああ、今さらだけど、しみじみ胸が痛むようだ）

こうして、初めての弔問が小一時間も過ぎた頃、長居を遠慮した豊岡君と真介は、両親による思いがけない打ち明け話に若い多感な心を乱されながらも、いまだ雪絵の骨壺が安置されたままの藤野宅を後にした。別れ際に、「今度来られる時は、ぜひゆっくりして下さいね」と沙知絵が名残惜しがっていた。

まだ高校を卒業したばかりの二人は、アメリカ軍によって広島と長崎へ投下された原爆による大惨事についてもちろん多少の知識はあったものの、まさか遠く離れたこの北海道であんな話を聞こうとは夢にも思っていなかった。若い未熟な青春期にある二人の心の底では、どこか暗い衝撃の波が騒いでいた。屋外に出た二人は、札幌の冬の風物詩である憂鬱なスモッグ空からようやく解放された晴れ晴れした青空の、その明朗な日差しとはどうにもそぐいえないような重い心持ちを感じていたのである。

後日、豊岡君が担任教師から漏れ聞いたところでは、同級生揃っての弔問はあまり表沙汰にしたくないという両親からのたっての意向が事前に伝えられたため取り止めとなり、担任のみが代表として訪れたという話であった。

六

長い冬のなごり雪がまだあちこちに消え残る弥生三月もそろそろ終わりを告げる頃、後ろ髪を引かれる思いであった真介は、それでもおのが心を奮い立たせるように、自らの人生の新たな生活の地へ――今や春爛漫の桜花咲き誇るであろう古都京都へと、はるばる旅立ったのである。

京都で初めて世話になることにした下宿は「哲学の道」で知られる永観堂から銀閣寺へと東山山麓を南北に延びる琵琶湖疎水沿いの山側にあった。所々古い木橋の架かった疎水の両岸には、「関雪桜」に由来するやや小振りの桜並木が続いており、目指す下宿からさらに少し上がった山際の一本道には、八百年もの歴史の雨風を凌いできた古刹法然院が緑溢れる樹林の陰に寺門を構えているのであった。

ようやく探し当てた下宿屋を仕切っている中年とおぼしき奥さんは、奇しくも道産子であることが判明して、初対面から愛想よく迎え入れてくれた。とは言え、高校二年次の修学旅行中に一日観光しただけの京都で実際に一人暮らしを始めた真介は、一抹の不安と緊張の中にあって、そんな自らの心構えを整えるために「日記」をつけ始めようと決心した。そして、新品の日記帳を購入するや、さっそく冒頭のページに、父が入学祝に贈ってくれた万年筆でまずこう書きつけた。高校時代に好んで用いていた漢文調の古風な表現でもって。

「念頭に浮かぶは、たわ言に過ぎざるとも、書かんとする欲求は、敢えて抑圧するに有らず。だが、内より発せざる虚構は為すべからず。自己を偽る事は、自己の存在を否定する事である」

その後、徐々に大学生活の独特のリズムにも慣れて、平生の心境が多少とも落ち着きを得てくると、時折遠く離れた故郷札幌のことを思い出す時があった。そんな人恋しい日には、真新しい日記のページをそっと開き、亡き雪絵の淡い姿を秘かに偲びつつ、拙い詩文の断片を書きとめたりすることもあった。

君がやわらかき唇にふれもせで
手をにぎりしことさえ無きに
ああ、君が魂の恥じらいは
その白き頬を淡く染めぬ。
うら若き日の、清き心のままに……

真介は、あの弔問の際に三千雄が開いて見せてくれた『日記』の最終ページが、ほんの一言、「わたしはまだ生きたい」で途絶えていたのを忘れていなかった。それは、雪絵が衰弱し切った病床の身でかろうじて絞り出すように綴った人生最後の言葉に違いなかった。普段から後悔することを嫌っていた真介ではあったが、「ああ、せめてほんの少しだけでも言葉を交わしておけばよかった」と、今さらながら自らの不甲斐なさを恥じたのである。と同時に、真介の胸中には折に触れてこんな思いも去来するのだった。

(彼女の心情は、衷心の真情であり偽りのない思いだったのだろうか。純粋な魂の本当の発露だったのか。「プラトニック・ラブ」、そんな甘い幻想のようなものが、世俗にまみれたこの世、いや流行に浮かれたこの時代にあり得るのだろうか。彼女の内にあったものは思春期特有の乙女心で、一時の流行り熱のようなものではなかったのか。いや、彼女のお父さんも認めていたけれど、ピュアで本物の気持ちだったのかもしれない。ああしかしそれも、今となっては確かめようもないことなのか）

真介が京都に遊学して人知れず暗中模索生活を続けているうちに、いつのまにか三ヶ月余り過ぎて、七月も中旬に近かった。古い歴史的遺蹟に溢れる京都の街には、三方を山に囲まれた盆地特有の蒸し暑い夏がもう訪れていた。真介がたまに散歩で訪れる疎水沿いの下宿に近い法然院には、樹々に守られるように谷崎潤一郎や河上肇、九鬼周造らの墓が静かに眠っていた。その閑寂極まる法然院の外庭でも、微風ですらパッタリと止んで、緑葉の深く繁った竹林にも行き所のない熱気が重くこもっていた。

下宿を出てすぐの疎水に架かった細い小橋を渡ってから緩やかに続く坂道を鹿ケ谷の古い街並みへと下って行く。その先を遮る小高い吉田山の古い山道を登り越えて、吉田神社の朱塗りの鳥居を横目に参道と苔むした石段を降りて行くと、すぐ麓の左右百八十度全幅に、真介の通う京都大学が広がっていた。

歴史あるその学び舎も、今はすでに彼にとっては初めてとなる夏季休暇に入ってい て、いつもならば学生たちが絶えず行き交う本部の「花の時計台」の周辺は、やはり閑散として人影もまばらだった。真介は、公家西園寺公望の尽力による京大創立このかた毅然と中央に君臨する品格かつ趣きを帯びたドイツ製の花文字の大時計をじっと心して見上げた。けれどこの時にはまさか後の大学紛争の際の血気盛んなゲバルト闘争による損傷がためにいかにも凡庸で味気ない国産品に安化けしようとは思うはずもなかったのである。その時ひっそりとした構内の本部中庭に屹立する巨樹から、あぶら蟬の無邪気で賑やかな合唱だけがしきりに聞こえてきた。

七

道産子の真介は、盆地特有の蒸し風呂じみた真夏の猛暑と未体験の夏バテをあらかじめ見越した上で早々と涼しい故郷札幌へ帰省することにした。京土産の八つ橋を加えた最小限の荷物をボストンバッグに詰め込むと黄昏迫る京都駅ホームで大阪始発の寝台特急「日本海」に乗り込み、窮屈なベッドでの断続的な眠りのあと、夜明け前の薄暗い青森駅で下車した。そして岸壁に待機中の青函連絡船にすぐさま乗船して高波しぶく津軽海峡をはるばる渡り、北海道の玄関口函館から再び特急列車に乗り換えると、やっとの思いで札幌駅に到着した。

朗らかな大地にゆったりと開放的に広がる生まれ故郷札幌、初夏に入ったばかりの爽やかな大気と広潤なる風景。それは、上賀茂辺りの高みから初めてうち眺めた景観が「まるで箱庭のよう」な第一印象を与えた盆地の古都とはまったくの別世界として、真介の寝不足気味のまなこにも感動的に映っていた。

駅前からタクシーを奮発して初老の父母が待つ実家まで辿り着き、高校時代を過ごしたままに保たれた二階の自室でようやく落ち着いた真介は、自由な気楽三昧の時間を有難く享受して、二、三日のんびりと骨休みができた。

長旅の疲労からすっかり回復すると、真介は思い出したように豊岡君に電話をかけてみた。彼もちょうど夏季休暇に入ったところで運よく在宅であった。真介は夏休みの予定に先立って、何よりもまず藤野さん宅を一緒に訪れたい旨を豊岡君に伝えた。遠く離れてはいても、いや離れたからこそかえって親友のよしみはいまだに健在なのであった。

北国の涼しく晴れ渡った初夏の一日、真介と豊岡君は久々の喜ばしい再会を笑顔で果たした。変わらぬ友情を確認した二人は、豊岡君の家からそのまま連れ立って今は亡き雪絵さんの実家に向かった。ただお参りするだけのつもりで、弔意という心の内なる「赤心」を除けば無粋にも手ぶらだった。

この日、玄関先に出迎えてくれたのは父親の三千雄のほうであった。互いにごく簡単に挨拶を済ませると、すぐに三千雄は二人を娘の位牌を安置した仏壇の前へと案内してくれた。位牌に向かって合掌したあと、さらに応接間へと導かれてソファを勧められた手持ち無沙汰の二人は、愛用の籐椅子にゆったり腰を下ろした三千雄と思わず対面する形になってしまった。

この二度目の訪問では、すでに顔なじみと言ってよい二人に向かって、普段着姿の三千雄は前回よりも親しげなくだけた口調で、まるで待ち望んでいたかのように口を開いた。たった一人の愛娘を亡くして沈み込んでいた切ない気持ちを雪絵と同世代の若者を相手にして慰めようとでもするように。

「君たちがせっかく来てくれたので、今日はわたしの体験とか、少し詳しい話を聞いてほしいと思うんだけど。雪絵にもあまり言ったことがなかった、ちょっと辛い話になるんだけど、それでもよろしいかな」

若い二人の新大学生は、仏壇に手を合わせただけですぐ帰る腹積もりで訪れたのだったが、逆に少し興味を覚えた表情に変わると互いに顔を見合わせた。

「はあ、ぼくたちはべつに構いませんけど」

「そう、よかった。わたしは日頃からね、日本のとくに若い人たちには、もっと自分の国の歴史、決して忘れてはいけない辛い悲しい歴史を知ってもらいたいと思っているんだよ。また同じ悲劇を繰り返さないためにね。……それでね、じつはわたしは、旧制の広島高師を卒業したあと、そこの付属中学に教員として勤務したんだけど、だんだんと戦争が激しくなってね。そんな戦時下でね、朝から軍需工場へ何人かの同僚たちと勤労動員で駆り出されていたちょうどその時に、あの原爆が投下されたんだよ。もっともね、その瞬間には何が起こったのか分からなかったけど、そのうちそれが『ピカドン』だとか『ピカ』だと言われて、じつは原爆という恐ろしい放射能爆弾であることが分かったんだよ」

ここで三千雄は、台所から沙知絵が気を利かせて運んできた熱い緑茶を、一口だけゴクリと飲み込んで喉を潤した。少し緊張気味だった二人も、沙知絵が「どうぞ」と勧めたのに応じて、「いただきます」と断りながらサイドテーブルに手を伸ばした。まずはお茶を一口飲み、ついで美味しそうなショートケーキがのった小皿を遠慮なく手に取った。

「終戦後しばらくしてから、わたしは、無残な焼け野原になった故郷の広島を去ることにしたのです。負傷した従妹の沙知絵がどうしても実家へ戻って治療したいと言うものだから、付き添いで一緒に北海道に渡ることに決心したわけです。でも本心では、地獄そのもののような場所から少しでも早く離れたかったんですよ。しかしね、北海道に来てから痛感したんだけど、そのまま留まって頑張り続けた人たちに対してはね、現実の苦難に向き合わずに『逃げた』ともし言われたとしても、どうにも答えようがないのです」

伏し目がちになった三千雄は、フッと深いため息をつくようにしてから、また気を取り直して語り続けるのだった。

「それからしばらくしてね、沙知絵の知り合いの方からの紹介があって、運よく札幌の私立高校に国語教師の職を得ることができたのですよ。……この自分が体験した戦争というのは、国と国との醜く痛ましい争いだけれど、芸術に国境はない、いや国境を越えると言ったほうがいいかな。芸術は人の心に生まれ、人の心を育み、人の心を自由に羽ばたかせるものだからね。人の心は、国境を越えて人間としてのお互いの生命の共感によって結びつくことができる。わたしは国語の教師だから、せめて文学という芸術に身を寄せてそのことを確かめたいと思ったわけです」

三千雄が再びお茶を何度か口に運んでいるあいだに、豊岡君と真介は貴重な体験話を傾聴すべく途中のまま遠慮していたケーキを急いで食べ終えてしまった。それを優しく見届けながら、三千雄がおもむろに問いかけた。

「ねえ、君たちはまだ若いし戦争体験もない世代だけど、戦争について何か考えたことがあるのだろうか」

それを聞いて、珍しくも真介のほうが先に口を開いた。

「あのうぼくは、じつは中学までは呑気に遊んでばかりいて、高校でも学校の勉強にしか興味がなかったんです。だけど、今年大学に入ってから考えが変わりました。社会や歴史や世界のいろんなことに興味をもって、もう少し深く考えたいと思うようになったんです。でも戦争については、軍隊経験のある父親の話を少し聞いたことがあるくらいですが、雪絵さんのことを思うと、戦争についてもっとよく知りたくなりました」

それを聞いた三千雄は、我が意を得たりと思ったか嬉しそうに軽く頷くと、身を乗り出すように　二人に向かって語りかけた。

「そうかね、よかった。それじゃあ、せっかくの機会だからみんなでその戦争について少し話し合ってみようじゃないか。君たち、今日は夏休みで時間はあるのでしょう。ちょうど妻の沙知絵も居るから、みんなでね」

その場の雰囲気が、やや緊張感を増したようであった。だが若者二人も、大学生としての自覚が芽生えてきたのか、その表情には知的好奇心が浮かんでみえた。横の小椅子に控えていた沙知絵もまた、（そうね、雪絵の供養のためにも、戦争のことをきちんと振り返ってみなければ）と思ったところだった。

そんな雰囲気をうすうす察しながら、まず経験者である三千雄が戦争談義の口火を切った。三千雄は日頃から戦争のことが頭を離れないような人物で、思うところも多いようであった。その鬱積した思いのたけを、三千雄はまだこれからという若者たちに、どうしても伝えておきたい様子であった。

「君たちはもう大学生になったわけだし、少しくらい難しい話になっても構わないだろうね」

表情を思案深そうに改めた三千雄が、一息ついてから最初に語り始めた。

「そうだね、まず言えることはね、戦争というのは、どれほど正当化しようとしたって、残虐な行為であることは間違いないんだ。そして、けっきょくは国家エゴに発するものなんだよ」

いきなりこう切り出された戦争談義に、遊び盛りな若者たちの柔軟な脳味噌は突然の緊張を反射的に強いられた。だが三千雄は遠慮することなく、内心に秘匿していた持論を吐き出す絶好の機会を得たように雄弁に論じ続けた。

「戦争、とくに近代以後の戦争ではね、まず戦争を最初に始めるのは政治権力や軍事権力を握った権力者たちだ。そして、戦場で実際に戦う兵士たちと違って、権力や支配力をもった者たちは現場の悲惨な殺戮や破壊に手を汚すこともなく、デスクの上で作戦地図を眺めながら自らの現場体験もない命令指示を下して戦場の兵士たちを死に追いやることで『戦果』をあげようとする。非戦闘員の黒幕が危地に赴く戦闘員を操っているわけだよね。これはね、軍隊組織内部の倒錯というのか、戦争の矛盾じゃないんだろうか。

自ら死の恐怖を味わうこともなしに、戦場の悲惨を間近に目撃することもなしに、有為の若者たち――そうなんだよ、君らのような若者たちを将棋の使い捨ての駒みたいに死に追いやるのだよ。それはね、突き詰めれば殺人行為と何にも変わりはしない。まったくナンセンスなことだよ。まだしも、大将が自ら戦場におもむく戦国時代のいくさのほうがましかもしれない。

もっともね、わたしは戦争そのものを〈絶対悪〉として否定したいと思っている人間なんだけど。つまりね、戦争で敗北した側に〈悪〉があるとか、逆に勝利した側に〈善〉があるとかではないんだ。けっきょく『戦争』そのもののうちに〈悪〉があると思うんだよね。

原爆を投下してまで戦争を終わらせようとしたアメリカもけっして褒められたものではないけれど、もともと戦争を始めた日本はさらに褒められたものじゃないよね。

君たちはどう思うかな」

普段からクールで理屈っぽい性格の豊岡君が、そこで思い切って持ち合わせの意見を述べた。

「ですけど現実には、エゴの発達した人間の心の中に支配欲とか物欲があるかぎり、いつまでも戦争はなくならないのではとぼくは思います。実際に、今でもまだ世界中のあちこちで戦争とか紛争なんかが起きていますよね」

「そう、それは確かにその通りなんだけど」

三千雄は、豊岡君の顔を見て軽く頷いたものの、しかし一旦動き出した戦争糾弾の談論風発は勢いを止めることはなかった。

「戦争というものをどんなに立派に理由づけようと、どんなに正当化しようとも、戦争はけっきょく戦争でしかないんだ。宗教の名のもとに強行される『聖戦』のような場合にしたって、けっきょくは残虐な殺戮行為を伴う戦争であることに何の違いもないんだね。どんな理由があるにしても、けっして戦争なんてやるもんじゃないんだよ」

ちょうどその時、今まで横で大人しく聴いていた沙知絵が、もう抑え切れないという風に口を挟んできた。

「わたしも、二度と戦争なんて御免なんです。今でもときどき、あの広島でのわたし自身のむごい体験をふっと思い出したりして、夜も寝られないことがあるんですよ。ほんとに戦争なんて、けっしてやってはいけないと思います。うちの雪絵だって、あんな可哀そうな目にあわずに済んだでしょうに」

妻から不意の加勢を得た三千雄は、さらに語勢を強めて言葉を発し続けた。

「戦場で実際に殺し合いの体験をした者で、もう一度戦争をやっても構わないというなら、よっぽどの狂信的な好戦主義者じゃないだろうか。そうでなければ、傭兵のようなプロの戦争屋か、戦争の舞台裏で何かしらの営利を貪っている戦争商人ともいうべき連中だけだろうね」

三千雄は、そういう人たちが実際に居たことを、自分の経験上から承知しているようだったが、そうでない豊岡君も、「死の商人という奴ですよね」と合いの手を入れた。

「そうだ」と三千雄は軽く頷いたあとでさらに続けた。

「わたしが人間として望むことはね、自分で納得のできる生き方をすることなんですよ。ただね、自分に納得できると言っても、ひとに迷惑をかけたり、ひとを不幸に陥れるようなことを避ける配慮ができるならの話なんだけどね」

三千雄のこの人生論は、青臭い真介にも容易に共感できるものだったので、思わず相槌を打つように口を挟んだ。

「だから、戦争がどんな理由で行われるにしても、絶対認めることができないというわけなんですね」

「そうなんだよ、分かってくれて嬉しいよ。それにね北山君、戦争というものはね、いったん始まってしまうと、エスカレートするのはたやすいけど、止めるのはほんとに難しいものなんだよ。その点は、ぼくたちの日常生活で起こる喧嘩や争い事と同じじゃないかと思うんだね。人間は、勢いや流れに負けやすい生きものなんだね。ただね、日常でみられる喧嘩は、個人個人の意志で止めることもできるだろうけど、戦争となるとそうはいかない。だから、『絶対に始めないぞ』という強い信念を、みんなが普段から心にしっかり植え付けておかないと絶対駄目なような気がするんだよね」

ここで、今までじっと傾聴していた豊岡君が、いつもの老成したクールな口調でこんな発言をしたのである。

「戦争なんかやらなくても、もともとぼくたちの人生そのものが戦いじゃないかと思うんですよね。貧困とか差別だとか、いろんな不幸な出来事や不運な境遇みたいなこと。ぼくは、人生そのものが常に戦いに満ちていると思います。

戦争なんて愚かしい真似をしなくたって、すでに人生そのものが一つの戦いなんですよ。それこそ、日々ぼくらが取り組むべき戦いですよ。産まれて生きて老いて病んで死ぬ、そんな人生そのものが戦いみたいなものですよ。自分で努力しなければ、人生という旅で前に進んでいけないでしょ。それなのに、戦争なんかで人生の限られた時間を無駄にするなんてね」

さすがの三千雄も、達観したような台詞が若者の口から飛び出したので、思わず微苦笑を誘われたのだが、一息ついて気を静めてからさらに続けた。

「そう、確かにそれはそうかもしれない。……でもね、それは人を殺したり何かを破壊したりすることじゃなくてね、もっと何かを作り出すための生産的な戦いじゃないかな。スポーツみたいな勝負事の場合でも、『スポーツマンシップ』というのがあるし、対戦相手に敬意を払う場合だってあるけどね。戦争の現場つまり戦場では、そんなものは到底通用しないでしょ。戦闘相手に配慮するような人間らしい気持ちは消え失せて、ただ相手、つまり敵を否定して抹殺するだけが目的の、狂気じみた衝動に動かされてしまうものなんだよ」

それを聴いていた普段は口数の少ない真介が、何か思いついて少しでも会話に参加したいと願ったものか、堅い口を珍しく軽快に開いた。

「そう言えば、ぼくが中学の頃に放送開始したカラーテレビを、高校に入ってからようやく家でも買ったんです。それで高校二年の時朝早く父が居間へ呼び寄せてテレビを指さすのでいったい何事かとカラー画面を見つめると、アメリカのケネディ大統領暗殺の速報ニュースがいきなり目に飛び込んできました。突然の強いショックを受けたのを今でも忘れられません。それまで好きだったアメリカという国が今でもまだ西部劇時代と似た銃社会のままで、表面では明るい国でも暗黒の裏社会では何て物騒で危険な国だろうかと、思わず失望しました。

ですけど、最近テレビの海外ニュースで流れていたベトナム戦争の映像はそれ以上に酷かったんです。さっき仰いましたけど、どこか狂気じみた感じがしたんです。空から数え切れない爆弾を投下したり、陸上では銃を打ち合って同じ生身の人間同士が互いに必死に殺し合っている光景でした。冷静になれば分かると思うんですけど、愚かしくて見ていて吐き気がするほどです」

これを聴いていた三千雄は、真介が自分とどこか同類であると感じ取って、ますます意を強くしたようだった。それで三千雄は、これまで胸中に秘匿してきた持論の核心を、将来ある若者たちにここぞとばかり吐露する気になった。

「ねえ、君が言うような愚かしい蛮行を平気でやるような人類が、今後もいったい存続すべき価値があるのか、そもそも人類という生きものに永続するような資格なんてあるのか、わたしも正直分からなくなることがあるんだよ。

でもね、確かに自然界や宇宙自体にはプラスとマイナスの力があって、至る所で引力と斥力が働いていて、反発と引き合いが繰り返されるのが必然だとしてもね、それでも知性と愛を発達させてきた人類が愚かな自滅の道じゃなくて賢明な存続の道を選びたいと願うのなら、対立から戦争へと向かうようなことはやはり絶対に避けるべきなんだよ。そう思わないかなあ」

それに直接答えるかわりに、真介はこんな意見を述べた。

「戦争が実際に行われていない時にこそ、戦争のことを本気で考えるべきではないでしょうか。戦争が実際起こってしまうと、戦争はいいとか悪いとか言ってる余裕がなくなるんじゃないでしょうか。

ぼくたちが今恵まれている平和な時にこそ、心を引き締め、平和を噛みしめながら感謝すべきじゃないでしょうか。幸福というか、しあわせな時にこそ、そのしあわせを心から味わって感謝すべきだと思います。それなのに、『平和ボケ』したみたいに、当たり前だなんて気をたるませてはいけないんですよ」

何度も頷きながら聴いていた三千雄は、満足気な表情を浮かべながら柱時計に目をやると二人に言った。

「さあそれじゃ、どうやら一応の結論も出たようだから、今日はここまでにしときましょう。とても難しい話題で、君たちも疲れたでしょう」

こうして、まったく予定になかった戦争談義がやっと一段落したところで、大学生になったばかりの二人は、名残惜しそうな雪絵の両親に丁重な別れの挨拶を尽くしてから、閑静な宮の森の片隅にある藤野宅を辞したのだった。

人生を豊かに形成する糧は、さまざまな出会いである。人は、自分の生涯においてどんな人物と出会うかで、自分の進む道が左右されることすらある。真介は、この機会に三千雄と出会い、語り合ったことによって、誇るべき伝統として「自由の学風」を標榜する京都大学で、自分がいったい何を学んで、何を真摯に探求すべきか、未熟ながらも今ようやく悟った思いがしたのである。

八

それから一週間して夏季休暇中の共通予定を取り決めた二人は、その翌朝早くに、大学自動車クラブ副部長の豊岡君が運転するレンタカーで札幌から北海道旅行に出発した。二人は大学在学中にその後も何度か一緒に旅行し、東北地方や伊豆半島などにも旅足を伸ばしたのであるが、この記念すべき第一回目の「トヨキタ道中」では、地元でも最北部へと向かうことに決めたのだった。

ようやく昼下がりになって目指す北の最果て宗谷岬に辿り着くと、眼前の岸壁に波打ち寄せる宗谷海峡は思いのほか海流そのものは穏やかに凪いで、四十数キロの彼方にはサハリンの低い島影が水平線に浮かんでいた。

「ほら見えるだろう、キタ。あそこは、まだ戦前には樺太といって日本の領土だったんだ。ニシン漁なんかで結構栄えていたらしいけどね。南樺太には四〇万人以上住んでいたらしい」

「ああ、それなら少しは知ってるよ。トヨは地理には詳しいからね。ぼくも、終戦間際にソ連軍が攻めてきて郵便電信局の若い女性職員が集団自決したという事件は聞いたことがあるよ。沖縄のひめゆり部隊に、北のひめゆりとか」

そう応じた真介は、彼方に霞む島影をじっと遠望しながら、現地に移住した当時の開拓者たちの歴史、その悲劇の終末に思いを寄せるのだった。

その後ほどなく二人は稚内港発のフェリーを利用して、海路六〇キロ先の利尻島、礼文島に渡った。道産子ではあっても広大な北海道をまだよく知らなかった二人は、生まれて初めて日本最北端の島に足を踏み入れたのである。

まず北側にある礼文島の香深（かふか）に上陸し、雨風に耐える逞しくも可憐な高山植物が一面多様に咲き乱れる礼文岳の開放的な明るい遊歩道を、海上から吹き抜けてくる天然の涼風に身肌を洗われながら歩き回ってみた。それは低山と言ってよい四九〇メートルの特異な山容であった。低い尾根続きの山並みが南北に細長く伸びて島の南端へと雪崩れ落ちている。二人はその南端に近い山稜の荒れた岩肌の間を、香深町の観光案内板に紹介されていたメノウの原石を求めて戯れに探し回り、夕闇迫る中わずかな欠片をようやく見つけ出して他愛もなくはしゃぎ合ったりした。

香深の宿に一泊した翌朝、小さな港から南隣りの利尻島にある鴛泊港までフェリーで移動して、とにかく利尻富士と尊称される利尻山にまず向かった。

「あれ、あんな所に湖があるね。ちょっと寄って行こうか」

「あれは沼だよ。ほらそこの案内板に書いてあるよ」

最果ての海上に堂々と聳える標高一七二一メートルの秀峰の山麓に、その名にふさわしい奥ゆかしい佇まいの「姫沼」がひっそり隠れていた。立ち寄った二人は、はやくも赤黄葉の混じる樹林を映した静寂の湖面を背景に記念写真を互いに撮り合い、ひと時岸辺に佇んで青春の旅情に浸るのだった。

その後さらに二人が細い山道に分け入った時、真介が道端に苔むした小さな石柱を目ざとく発見して思わず豊岡君の注意を引くように叫んだ。

「ほら、トヨ！　ここ見てごらんよ、何か墓みたいのがあるぞ。へえー、これは会津藩の武士の墓だよ。汚れて字が読みにくいけど」

「いや、ほんとにそうみたいだね。たぶん幕末の戊辰戦争で敗れてからこんな所まではるばる落ち延びてきたんだよ。でも、ここで命尽きたんだろうね」

戦争の一つの末路を示す落ち武者を弔う墓石の思わぬ発見は、いかなる戦争をも経験していない若者たちの心を不意の驚きと感嘆とで打った。

真介は、無二の親友との三泊四日の道北旅行から戻ると、その後は実家でゆっくり読書したり、少し暑い日には暑気払いのために市民プールまで自転車で通ったりして、自由に休暇を過ごした。そして真介は、短い夏が早や終わりを告げる頃、雪絵が永眠する故郷札幌を早朝に発ち、鉄路と海路を一人孤独に乗り継ぎながら九月に入ってもいまだにムシッと残暑の厳しい第二の故郷京都へ戻ってきた。やっとの思いで下宿へ辿り着いたのは、すでに夜も十時頃だったろうか。下宿の玄関で奥さんに恐縮しながら一言挨拶し、階段をそっと昇って二階の自室に入ると、三畳間の狭い畳敷きの上に布団を敷くなり、ゴロンと仰向けに倒れて目を閉じた。

その翌日から模索の大学生活を再開した真介であったが、しかし今では迷うことなくある探求の道を歩むことにしようと自分に誓っていた。「戦争」と「死」と、そして「愛」についての探求の道である。

真介が世話になり始めた下宿屋には、すでに古狸の先輩、姫田誠一郎が「住みついて」いた。関西の老舗の造り酒屋の次男坊である彼は二年浪人してから入学した哲学科の三回生で、真介よりも数年年上の少々老けた学生だった。それだけに真介よりはずっと世間知も人生経験もありそうな、いわゆる「物知り」の人物だった。その姫田先輩が、相変わらず蒸し暑い昼下がり、目を付けた新米の後輩である真介を誘って大学近くにある老舗の喫茶店「進々堂」へと、避暑も兼ねて行ったことがあった。

広くてどこか風格の漂う落ち着いた雰囲気のその喫茶店では日頃から学生たちがたむろしており、三々五々に固まってめいめい談論風発の自由な議論を謳歌していた。そこは、未熟ながらも若きインテリゲンチアたちの巣窟、かの中国の『水滸伝』に登場する「梁山泊」の知的山賊版とも言えるような青年山賊どもの溜まり場なのだった。

姫田先輩は、奥のほうの大きくて頑丈な木製テーブルの長椅子席にどっかと腰を下ろすと、まだうら若いウエイトレスを手招きして、「コーヒー二つ、ブラックで頼みます」と渋い声をかけた。「お前もコーヒーでいいね。俺の奢りやから」と言うと、先輩は半袖シャツの胸ポケットから煙草を取り出した。

間もなくコーヒーが運ばれてくると、一服したり一杯すすったりしながら気持ちを整えた先輩は、やがておもむろに「実存的愛」なるものについて、向かい合ってかしこまる後輩に対して熱弁をふるい始めたのである。活気ある若者たちで賑やかな周囲のことなど、あえて今さら気にしないという風に。

「なあ北山君、今のうち君に言っておくよ、今後の参考にね。じつは俺はね、大学に入ってから同じクラスの女子学生に振られたこともあるし、よその大学の女の子に失恋したこともある。それどころかね、飲み屋で色っぽい年増女を性悪とは分からず口説いた末になけなしの金を騙し取られたことさえあるんや。最初のうちはね、何となく話も合うし、ひょっとすると「赤い糸」で繋がった運命の女かと思い込んだ。ところが、それはじつは黒い糸やったんやな。どうも俺には女を見る確かな眼力がないのかもしれんなあ。愛を信じた相手に裏切られるいうのんは、ほんまに辛いもんやな。そやけどな、そんな人生の辛酸をいろいろ味わった人間にこそ、世俗の世界がよう見えるもんやで。

まあとにかくね、女と付き合うっていうのは、なかなか難しいもんや。相手に求めるもんが多すぎるんか、自分の理想が高すぎるんか、平凡な恋愛では飽き足らないんか、どうもうまくいかんのやなあ。だがしかしね、いろいろと経験しているうちに、俺には確かな恋愛観がだんだんと形成されてきたんやな。それは一言で言えば、『実存的愛』と呼べるものなんだね」

「はあ、何ですかそれは。ちょっと興味深いですが、どういうことでしょう」

先にさっさとコーヒーを飲み終えていた真介は、なぜかふっと雪絵のことを秘かに思い出しながら尋ねてみた。

「ああ、俺は今日はべつに暇やから、ひとつゆっくりと君に説明してやろう。ほかの奴にはあまり話さんのやけど、お前はなんか気が合いそうやからね。ちょっとめんどくさい話やから、耳の穴ほじってよう聴いときや」

先輩風を吹かせた前置きをしてから、姫田先輩は、自ら「形成した」と自負する恋愛論の蘊蓄を、気を許した後輩に垂れ始めたのである。

「まず俺はね、自分の考えを『愛の美学』と自称しているんやけどね。そのキーワー

郵便はがき

料金受取人払郵便

新宿局承認

2524

差出有効期間
2025年3月
31日まで
(切手不要)

160-8791

141

東京都新宿区新宿1－10－1

(株)文芸社

愛読者カード係 行

ふりがな お名前		明治 大正 昭和 平成 年生 歳
ふりがな ご住所	□□□-□□□□	性別 男・女
お電話 番号	(書籍ご注文の際に必要です)	ご職業
E-mail		
ご購読雑誌(複数可)		ご購読新聞 新聞

最近読んでおもしろかった本や今後、とりあげてほしいテーマをお教えください。

ご自分の研究成果や経験、お考え等を出版してみたいというお気持ちはありますか。

ある　ない　内容・テーマ(　　)

現在完成した作品をお持ちですか。

ある　ない　ジャンル・原稿量(　　)

書　名				
お買上 書　店	都道 府県	市区 郡	書店名	書店
			ご購入日	年　　月　　日

本書をどこでお知りになりましたか？
1.書店店頭　2.知人にすすめられて　3.インターネット（サイト名　　）
4.DMハガキ　5.広告、記事を見て（新聞、雑誌名　　）

上の質問に関連して、ご購入の決め手となったのは？
1.タイトル　2.著者　3.内容　4.カバーデザイン　5.帯
その他ご自由にお書きください。
（　　）

本書についてのご意見、ご感想をお聞かせください。
①内容について

②カバー、タイトル、帯について

弊社Webサイトからもご意見、ご感想をお寄せいただけます。

ご協力ありがとうございました。
※お寄せいただいたご意見、ご感想は新聞広告等で匿名にて使わせていただくことがあります。
※お客様の個人情報は、小社からの連絡のみに使用します。社外に提供することは一切ありません。

■書籍のご注文は、お近くの書店または、ブックサービス（0120-29-9625）、セブンネットショッピング（http://7net.omni7.jp/）にお申し込み下さい。

ドが『実存的愛』いうんもんなんや。これはやね、宇宙の片隅のこの地球上で色だの恋だの愛だのと騒いでいる中では、まあ究極のもんやな。

そいでその定義はこういうことや。そのひとがそのひとであるがゆえに、そして、そのひとをそのひとのままに『いとおしみ』『いつくしむ』いうこと。そのひとをそのひととして愛するいうこと。そのことが自らの心に深く根づいて揺るぎないものにまで定着すること。そのことが、社会の義務や理想モラルではなくして、自らの、おのれ自らによる『美学』として達成されること、以上だ。ただ哲学科の学生として付け加えるとね、『ひと』っちゅうのは、女にも男にも限らんわけでね。愛に垣根なし、やからな。ともかくこういう愛を感じる時に人生の至福が訪れる、と俺は信じているわけや。つまりね、そのひとの存在そのものを愛おしむいうこと、それが愛の極致やないかと思うな」

「はあ。ちょっと長くてぼくにはすぐ理解できませんけど、でも何となく分かるような気もします」

と、真介は愛想まじりの反応を返した。

「これでも自分で長いこと練った定義やからね、ちゃんと覚えておるわけなんや。それに、俺の人生目標でもあるわけやからね」

姫田先輩の自説を拝聴しているうちに、真介は再び雪絵のことが思い起こされてならず、前からの疑問をこの際ぶつける気になった。

「あのう先輩、この機会に訊いておきたいんですが。じつは高校の頃から思ってたのですが、プラトニック・ラブというものが本当にあるんでしょうか」

「ほう、そうきたか。うんそれはな、俺の信念ではまんざらあり得んこともないな。まあ、俺の言う『実存的愛』の一部いうか一面やと思うな。つまりな、精神の努力がないと難しいことなんやね。今のような世俗の世の中というか、つまりね、不倫やとか浮気やとか、おまけに人を騙して得しようとする詐欺やら自己本位な人殺しがやたらと横行してだね、マスコミで流行り事みたいにニュースになっている爛れた時代じゃ、まあ実際難しいやろうなあ。今の時代から見たらそりゃねアナクロニズム、つまり時代錯誤ちゅうもんやろ。

ただね、俺が言うところの『実存的愛』いうもんは、じつは肉体的愛欲だとか官能的愛を排除するものではないんや。もっと、人間の存在全体に関わるものなんやなあ。『実存』いうても、俺のんは『官能的実存』言うたほうがええかもしれん。身体というか肉体そのものの感覚、それに気分とか情緒や感情、それに周りとの関係みたいなもん、それをみんな包括したような人間の存在のことやからねえ。俺はね、きわめて日本的な感性と知性を表しているんやないか、と思っとるんやけど」

（じつはここで、姫田雑学博士の脳裏に浮かんでいた思念は、奈良朝の『万葉集』所収の歌、とくに防人にまつわる歌に頻出する夫婦間の呼び合い言葉、夫が妻を「吾妹子（わぎもこ）」と呼び、妻が夫を「我が背子（わがせこ）」と呼び合う愛おしみの表現が、日本の古代びとの何とも純朴にして偽らざる相互的真情を吐露し、かつ博士自身の「官能的実存」の原初形態を表してもいる、という自己流の説だったと推察される。もちろん、高校生に毛が生えただけの今の後輩君には、そんな教養ある思念がまず理解できるはずもない）

「ぼくにはよく分かりませんが、魂の触れ合いだと思っていたプラトニック・ラブとはずいぶん違うような気がします」

と、案の定まだ青っぽい思考の抜けていない真介は、それでも率直に反応した。

「そうやね。もっと包括的いうんか、性的なもんも案外大事なんやな。天下国家を論ずるちゅうのも結構なんやけど、性の問題いうもんもけっして疎かにはできへんのや。まあ、お前にはまだ分からん思うんやけどね。男にとって女のヴァギナは尽きることのない欲望の迷宮であり、女にとって男のペニスは果てしない渇望の的である、というわけやな。しかもそういう深き求め合いちゅうもんはやな、ただの衝動的な性欲現象ゆうことのさらに奥にな、宇宙生命の隠れた摂理と、存在を充足させる不思議な癒しとを暗示しているわけなんや」

真介はいささか露骨な表現に戸惑いながらも、「それは、誰か偉い思想家の言葉なんですか」とかろうじて尋ねた。

「何のなんの。この俺が我流ながら真剣に絞り出した名言……ゆうところやな。それにお前、偉い人たちいうてもな。まあ男たちだって偉そうなこと言うとったってな、やっぱり女から産まれるんやからなあ。性的な関係いうもんを馬鹿にしちゃあかんいうことや。性愛いうもんをもっと真面目に考えなあかんな。俺が重視する『官能』いうことをねえ」

そう言いながら真介の気まずそうな表情に気づいた姫田先輩は、（これはちょっとまずい）と思ったのか、すぐさまこう付け加えた。

「ただしね、変に誤解してもらっちゃ困るんよ。俺がね、けっきょく思ってるのはこういうことやな。つまり、性的関係いうても、ただ肉体だけで結びついているっちゅうのは、その実はかない、いや空しいもんや。刹那的で、その時には否応なく燃え上がっても、その時だけで燃え尽きてしまうもんやないか。もっともね、数多くの人間の中にはそれでもかまへんという快楽主義者やら刹那主義者も居るんやなあ。まあ、フロイトみたいなセクシュアリストの精神分析家はそんな連中と同類だとは思わへんけどな。そやけど、どない言うたかてそこには肉体の赴くままなる自然現象があるだけのことやろ。

そこで俺の思うんはな、肉体における快楽はその時その瞬間に絶頂を迎えられるもんやろうけど、魂の結びつきちゅうもんはそんな刹那的なもんではないんや。だからな、性愛いうてもな、心の合ったひととの肉体の結びつきいうもんが至上の性愛とでもいうんかな、官能の一つと言えるんやね。たとえ一時的な肉体の結びつきいうか刹那的性欲であってもね、そこに同時に魂の結びつきいうのがあるんやったら、その愛欲には何か永続的な意味でもありそうに思うんやね。俺の官能論の神髄ではね、そういう心身全体の結合においてこそ男女の深く満たされた一体化も得られるというわけなんや。

そうそう、少し前に読んだ本なんやけど、キューピットいう何や愛の天使みたいなのが書いた『最後の哲学』の中にね、『恍惚の脱自的内在』いう文句があって何や気に入ったんやけど、要するに生と死の区別を超えた『永遠の生命』のことやないかな。俺の官能論の神髄に近いものやと思ってるんや」

姫田先輩の悦に入った主張に、真介は黙って何とか耐えていたが、じつは心中ではこんなことを思っていた。（信仰を共有する宗教者同士の特別な結びつきでなくても、ごく普通の男女とか個々の人同士が、自らの内なる魂を通して結びつくというようなことは、せちがらいこの世では、そもそもあり得ないことだろうか。だけど、もし人が魂で結びつけるものなら、永遠の愛もけっしてただの夢じゃないかもしれないな。

亡くなった雪絵さんは、心の奥の奥、魂で結びつくことのできる稀有な女性だったのかもしれない。もしかして、唯一真心で愛し合える女性だったのかもしれない）

「おい君、北山君よ。どうかしたんかね、ぼんやりしとるやないか」

熱弁を一時中断した先輩に呼びかけられて、ふっと今の我に立ち戻った真介は、慌てて返す言葉を探してから答えた。

「あ、いえ。ちょっと考え事をしてたんです。高校の時の女生徒のことで辛い経験をしたもので」

「ほほう、もしや何か恋愛問題でもあったのじゃないんか」

こう言われたのを機会に、真介は、亡き雪絵とのいきさつをかいつまんで先輩に打ち明けてしまった。

「そうか、それはね二度とは会えんような一期一会の女性だったかもしれんなあ。もしも愛が成就してれば君の人生もねえ。ほんまに無念なことやな。でもな、君の人生はね、まだまだこれからじゃないか。また新しい出会いがないとも限らんし。それになあ、恋は出来事やけど、愛は持続への努力なんや。愛とは魂の耐える力なんやぞ。

俺が思うに、愛の極限の姿いうんは、奪い取る所有欲でもないし、自己を犠牲にする献身でもない。ひたすら耐えることを得させる魂の力である。これが、俺の信じる愛の思想や。北山君、今後は亡くなった彼女の分までしっかり生きていくことが、彼女への実存的愛を証明することにもなると思うんや」

姫田先輩は、自分のことを棚に上げたまま、真介に向かって寺の坊さんじみた説諭を施してくれた。もうすでに広い喫茶店内は、他の学生たちはほとんど出てしまっていた。店外には夕暮れの薄闇が降りてきて、室内照明が放つオレンジ色の光輝がいっそう増してきた。離れて立っているウエイトレスの視線が感じられる。二人は、周りを見回した上で、そろそろ退散することにした。

九

何日か過ぎた別のある日、それはちょうど日曜日だったがいつもより長寝してスッキリした真介は、姫田先輩が起きた頃を卒なく見計らって以前三千雄が語っていた「人類の存続」のことを思い切って尋ねてみることにした。

先輩はまだ眠そうだったがとくに嫌な顔もせずに少々散らかったままの部屋へ入れてくれた。布団をたたんで押し入れに仕舞い込むと、引き違いのガラス窓を開けて新鮮な外気を入れた。すぐ下を琵琶湖疏水が流れている。四畳半の疊部屋の隅に置かれた茶篁笥の棚でマグカップにインスタントコーヒーを入れて電気ポットのお湯を注ぎ、かき混ぜてから真介に手渡してくれた。すべて手慣れてはいるが、のっそりというか悠然たる所作であった。畳にどっかと胡坐をかいてから、姫田先輩はのんびりと告げた。

「まだ眠気が取れんから、モーニング・コーヒーでも飲みながらゆっくり話そうやないか。何か聴きたいことでもあるんやろ」

「はあ、この前とは別のことで。じつは、前から教えてもらいたかったんですけど。あのう、われわれのというか、つまり人類の存続ということなんですが、先輩はどう思われるか、ぜひ伺わせて下さい」

「ははあ。いきなり朝っぱらからまた厄介な問題を持ち込んできたもんやな。まあそうやな、俺も関心があることとやし、まあ考えておらんこともないよ」

姫田先輩はそう言うと、本棚に並んだ書物群から『永遠平和の為に』を探し出して、

「これはやな、俺が敬愛してるカントいうドイツ人の偉い哲学者がね、十八世紀の末頃に『私の夢想曲』だと謙遜して書いた本の翻訳でね。カントの時代はね、ヨーロッパの国々の間で近代的戦争が始まっておって、それを収拾するために国際的な会議やら政治的外交が行われたんやけどね、国家権力同士にいろんな欺瞞的な裏取り引きもあったようなんや。聡明なカント大先生は、そんな状況にどうにも我慢できんかったもんでこれを書いたに違いないんやな。そいでそれがね、二十世紀になって国連が結成されるきっかけになったいうてもいいわけなんや」

と、初心者の後輩のために懇切丁寧な解説をしてくれたのである。

「例えばな、ちょっとここんとこ読んでみたまえよ」と、先輩はその文庫本のあるページを探し開いて後輩に手渡した。

赤鉛筆の傍線がびっしりと引かれたその個所には、こんな見解が述べてあった。

――はたして戦争をおこすべきかあるいは否かを決定するために、国民の協賛が求められるとする。……その際、国民は戦争のすべての災禍を自己自身の上に引き受ける覚悟をしなければならないから、かかる悪しき戯れを始めることに対し、彼らがきわめて疑惑的になるのはおよそ自然のことなのである。

それには次の事情がある。すなわち、彼ら自らが戦い自分自身の財産を戦争の費用に提供しなければならない、また戦争の残した荒廃の跡を困苦しつつ修めなければならない、そして最後には、ありあまるこれらの災厄に加えて平和それ自体をすら苦痛と感じさせるところの、けっして償却しえず次々と新たに差し迫る戦争のための負債の重荷を自らに引き受けねばならない、というような――

いくら読書好きの真介とは言っても、一読しただけでは理解困難であった。

「あのう先輩。ぼくには何となくという以上には、ちょっと」

「そら、そうやろうな。けどよーく読めば、現代でも立派に通用する見解やと思うな。戦争のことを『悪しき戯れ』やなんて、ほんま同感至極やなあ。……ああ、それからやね。人類共存の必要ちゅうか、今じゃ共生の問題になるんやけどね、ここんとこも読んでみいや」

先輩の半ば強制的な指示に促された真介は、角を折って開かれたページに観念したような視線を落とした。

——人間は、球面をなす地球表面上を無限に分散して拡がることはできず、けっきょく並存することを互いに忍び合わねばならないのであるが、しかし根源的には何人も他人にまして地上のある場所に対しより多くの権利をもつものではないのである——

このような見解には、真介もどうやら納得できたような表情で、「このカントという人は、なかなか先見の明があったんですね」などと言いながら、小さくて手垢のついた、しかし貴重な文庫本を先輩の手に恭しく返した。

「俺はやね、こう思っとるんや。カント大先生に刺激されてから、自分でも考えたんやけどな。まず常識的に見たって、動機や結果がどうであれ、戦争ゆうもんは破壊と殺戮のプロセスにほかならんのやな。そしてな、破壊は短い時間でも可能なんやけど、逆に建設ゆうもんはしばしば長い時間を必要とするもんやろうが。だからな、人類が発展し前進するためにはね、破壊ちゅうもんが如何に人間の労力を無駄にする愚かな行為であるか、君だったら言わんでも分かるやろうが。破壊があるから新しい創造もある、そんな強弁する奴もおるけどね、けっきょく愚行を隠蔽(いんぺい)する言い訳以上のもんじゃないやろ。

それになあ、この国の未来どころか、人類そのものの未来がけっして保障されていないいうことに気づかなあかんのや。そやな、ベルクソンいうフランスの哲学者がおってな、『道徳と宗教の二源泉』いう本、本棚のどっかにあるはずやけど、そん中でな、人類の未来は決定されていない、なぜならそれは人類に依存しているからだ、とか書いているんや。言われんでも分かってることなんやけどね。それなのにね、人類が自分から未来を切り詰めるような真似をするっちゅうのはどう考えたって愚行以外の何ものでもないやろうが。そやけども、人類には時折な、傲慢いうかヒュブリスちゅうもんが起こってな、頭が麻痺することもあるんでね。俺が正直怖いんはそこんとこやな。人間の厄介な業いうんか悪癖いうんか。人を殺めても何とも思わんちゅうか、鈍感極まる人殺しの出現いうことやな。

まあ、けっきょく俺の結論言うんか、誰でも思いつく結論なんやけどな、人類が自滅する大きな要因はやね、一つは、自然破壊いうんか地球環境の破壊やな。そいでもう一つが、人類自身の内部における紛争であり、殺し合い、つまり戦争という大量殺人なんさ。これはね、ほんまは自分でどうにかできるはずなんやけどな。まあ、そんなことぐらい君かて分かるやろうけどね」

真介は、姫田先輩のクールな能弁を有難く拝聴しながら、初夏七月の頃札幌で談話した藤野三千雄さんの見解とよく似た考え方を認めながらも、実体験よりは理論による説得力を強く感じていたのである。まだ眠気が残る中でさすがにしゃべり疲れた様子の先輩に、逆にすっかり目覚めた真介は、「とても参考になりました」と後輩の礼をくれぐれも示してから退室した。

十

　自室に戻ってから勉強机の椅子に落ち着くと、真介の若い知的精神は新しく得られた見識に心地よい満足感を覚えていた。だが同時に、死よりは生を選択し、戦争よりは平和を選択し、さらに愛の深き内実を真摯に探るという最近覚醒した自らの選択意志について、もっとよく確認し直し自分なりにしっかり根拠づける必要をも痛感させられたのだった。まさしく「大学生」としての人生の歩みが、「学生はん」を大事に扱ってくれるこの京都の地で大いに学ぶ有意義な生活が、これからようやく始まろうとしていた。

　不測の不条理な死によって短い人生を閉ざされた彼女、言葉を交わすことさえできずに、ただ頬染めた笑みをもってのみ胸の内を伝えた亡き雪絵さんにどう報い得るのか。真介は、今の自分になし得る限りの使命を全霊を尽くして追求することでしか彼女の霊に報いることはできまい、と改めて思うのだった。

この青春の志に対しては、野生動物でも持ち合わせる暴力に等しい力ではなく、人類のみが誇り得る〈愛〉と〈理性〉こそが人類の将来を約束し人間にその存在意義をもたらすものにほかならないという信念が彼を支えてくれるであろう。〈愛〉と〈理性〉とは、偏狭なエゴイズムとは違って、人為的な国境を越えるものだ。〈愛〉と〈理性〉にとって、本来国境は存在しないのである。〈愛〉は人類に芸術をもたらし、〈理性〉は人類に科学や学問を可能にする。そしてそのことが、人類全体の希望にもなるのだ。

真介は、未熟ながらも一途な情熱をもって改めて胸に誓うのだった。

〈彼女の死をただ悲しむよりも、彼女の分まで精一杯に生きること、自分に正直に最善を尽くして生きることが、彼女の無言の思いに応える道なのだ。万が一この地球があとX年後に終わりを迎えるとしても、それとも人類がいつの日か最終的には滅亡することになろうとも、それでもなおこの自分には、今ここのおのれのこの人生を、ただ自分なりにベストを尽くして全うする以外に、自分らしく生きる道はないのだ〉

こうして真介は、これまでずっと心の淀みとなっていた雪絵の死に対する悲哀と悔恨から今ようやく解き放たれたという思いがするのだった。

十一

雪絵にまつわる真介の青春の物語は彼の中で一つの区切りを迎えたのであるが、当事者のその後の後日譚についても、かいつまんでお伝えしておこう。

北山真介は姫田先輩の後を追うように哲学科に進んで、幸い初心を忘れることなく探究に励んだが、人間としての幅を広げるべく「大いに学び、大いに遊べ」というモットーを大学生活で自分なりに実践した。さらに研究面での成長を志して、アルバイトをしながら大学院で研鑽を続けた。その十年余りの修業時代を経たあと、瀬戸内海を渡って讃岐高松の香川大学で、そして関西に戻って奈良女子大学などで教壇に立ち、とくに人間学の哲学的知見について講ずるに至った。その際学生たちに好んで語った格言は、「真に愛するためには、よく知らねばならない。よく知るためには、愛さねばならない。真に愛することとよく知ることは不可分である」という言葉である。それは、その昔京都帝大で哲学を講じた西田幾多郎博士の文言を踏まえたものであった。

一方、古狸の先輩姫田誠一郎は四回生になっても「卒業論文を書く時間がもったいない」とか周囲に言いながら、相変わらず多方面に及ぶ雑学的な乱読生活を続けたあげく、一年間の留年を経たあとにけっきょく平凡に卒業することを放棄して、それゆえ卒業論文を書くこともなく自主退学し実家への断りもなしにそのまま仏門に身を投じた。つまり、京都の由緒伝統ある禅寺で数年間修行したあとついに正式に禅僧となるに及び、風の噂によるとさらに後年には学識豊かな高僧の域にまで到達したということである。

また親友の豊岡健太君は、北海道大学農学部農業機械科を卒業したあと、四国松山に本社がある井関農機という農業機械製作会社に就職した。もとから機械いじりの好きだった豊岡君に相応しい選択だった。しかも一時期は、道産子同士の豊岡君と真介は海を二つも渡った四国で奇しくも高校時代のような隣り合わせの仲となり、漱石ゆかりの松山道後温泉の石造りの湯船に一緒につかるなど、何度か再会の喜びを味わうことができたのである。なお豊岡君は、東京の支社でしばらく研修してから松山市の本社勤務に転じ、技術部長を手堅く勤め上げてから定年退職した。今でも松山市で暮らし、同じ伊予愛媛の城下町大洲市出身の奥さんと娘三人の円満な家庭の頼もしい父親でもある。

他方で、札幌の亡き雪絵の両親である藤野三千雄と沙知絵はすでにこの世を去ってしまったが、別世界で最愛の一人娘と再会を果たしたことだろう。ただ三千雄は、じつはこの世を去る前に、雪絵の「日記」、かの青春日記を真介に託すよう老妻沙知絵に遺言していた。沙知絵は病身でありながら苦労の末に真介の居所を調べ出した上で、事情を記した丁重な手紙とともに亡き娘の遺品であり三千雄の遺品でもあるその「日記」を、遠く離れた真介の許へ送っていたのである。だが沙知絵は、その後しばらくして、真介から来るであろう返事を待つことなく、夫の後を追うようにこの世に別れを告げたのだった。

＊

最後に、真介自身についてもう少しだけ付言しておこう。彼は、大学教師を定年退職したあと十年も過ぎた現在、高松時代に出会った妻も闘病の末にこの世を先立ち、娘も家から巣立ってしまい、気楽ながらも寂しいやもめ暮らしに甘んじている。ちなみに、以前受け取った時驚きもし喜びもしたあの「日記」は、書斎机の鍵付きの引き出し奥に大切にしまってある。そこには小学生から高校生に至る雪絵の少女時代のいろいろな思いが、うら若き女性らしい感性の溢れる文章で綴られていた。真介のことも、折に触れて度々登場していた。

例えば、中学時代に大きなポスター画をグループごとに課題製作した際、絵の好きな真介がやる気のないメンバーに代わって完成までほぼ一人で尽力したこと、高校一年次に高校剣道大会で会場提供校として特別出場した際、よりによって強豪北海高校と対戦するはめとなり真介が先鋒として開始早々にあえなく惨敗したこと、二年次に年中行事の西高祭の期間各クラスの行灯神輿造りで連日真面目に頑張っていたこと、そして屋上でのあの照れ臭かったフォークダンスのこと、等々。折々のこと細かい振る舞いを、隣のクラスに離れていながらもしっかり看取し、純な真情をもって受け止めていたという事実が随所にうかがわれた。真介はそんな青春日記を、誰の眼にも触れないように引き出しの奥に仕舞い込んだまま長いこと鍵を掛けていた。心の奥の秘密の引き出しに永遠に仕舞い込んでおくつもりだったのかもしれない。

そんなことはつゆ知らなかった妻もまた、絵画が専門の芸術家で美を愛する「心のきれいな」人であった。けれど真介は、今一人ぼっちの生活を過ごす中で、ふとした折に、彼女、亡き雪絵さんの若い高校生のままの姿、そして色白の頬をポッと染めた面影が浮かんでくるのを禁じ得ないのである。その後の人生を実際に連れ添ってくれた妻には、その生前雪絵について話したことは一度もなかったのであり、もちろん雪絵が妻のことを知るよしもない。そうして、もはや二人とも真介が今居るこの世を去ってしまった。しかし二人の「心のきれいな」女性は、互いに知り合うことはなかったものの、共に魂の触れ合いという秘められた幸運の記憶を彼の人生に刻印してくれたのである。二人の女性が真介の心に灯してくれた愛の姿は、姫田誠一郎が説いた「実存的愛」にどこまで近いものだったか、それはどうでもよいことかもしれない。ただ、それが得難い真実の愛であったことを、真介は今でも信じて疑うことはない。

真介が少なくとも自分に正直に歩んできたつもりの人生にとっては、それぞれが自分を偽ることなく真摯に生きた証しとして、きっとそれだけで十分なことなのである。

著者プロフィール

塚本 正明（つかもと まさあき）

1947年生まれ、北海道出身。
1971年、京都大学文学部哲学科卒業。1976年、京都大学大学院文学研究科（哲学専攻）修了。香川大学助教授を経たのち、奈良女子大学文学部教授。2010年に定年退職し、以後文筆生活に入る。
現在、奈良県在住。

主な著書
『生きられる歴史的世界　ディルタイ哲学のヴィジョン』（法政大学出版局、2008年）などの研究書のほか、「哲学的人間学」（竹市明弘・常俊宗三郎編『哲学とはなにか：その歴史と可能性』勁草書房、1988年所収）ほか論文多数。
さらに『郷愁の大地―ある父と子の北国物語』（東京図書出版、2016年）、『詩集 銀の涙』（ブイツーソリューション、2017年）などがある。

青春の白き墓標

2024年6月15日　初版第1刷発行

著　者　塚本 正明
発行者　瓜谷 綱延
発行所　株式会社文芸社
〒160-0022 東京都新宿区新宿1-10-1
電話 03-5369-3060（代表）
03-5369-2299（販売）

印刷所　図書印刷株式会社

ISBN978-4-286-25485-2